# LAPEYROUSE,

## OU

## LE VOYAGEUR AUTOUR DU MONDE,

Tableaux Historiques, à grand Spectacle,

## EN TROIS ACTIONS;

Représentés pour la première fois, à Paris, sur le Théâtre de la Salle des Jeux Gymniques, le 13 Juin 1810.

## Par M. AUGUSTIN H***.

(Ces Tableaux ont été mis en scène par l'Auteur.)

Musique de M. FOIGNET fils.

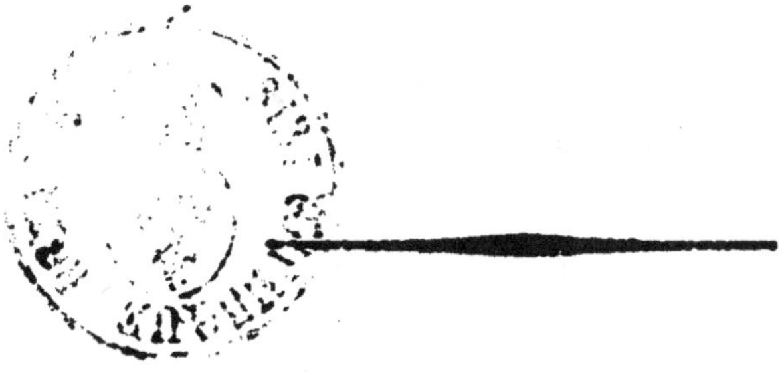

## PARIS,

Chez BARBA, Libraire, Palais-Royal ; derrière le Théâtre Français, N°. 51.

1811.

# PERSONNAGES.

| | |
|---|---|
| LAPEYROUSE, célèbre voyageur. | M. *Gougibus*. |
| Madame LAPEYROUSE. | Mad. *Camus*. |
| ZORA, jeune sauvage. | Mlle. *Dumouchel*. |

KILI,
ZOÉ, } enfans naturels de Zora et de Lapeyrouse.

ALEXIS, seul matelot échappé du naufrage. M. *Thierry*.

KAROUBÉ, jeune chef de sauvages, amoureux de Zora.

Deux Chefs subalternes.

Un Contre-Amiral français, à la recherche de Lapeyrouse.

Un officier de marine.

Un pilote.

Deux matelots.

Matelots et canonniers.

Sauvages des deux sexes.

Troupe de petits singes.

La scène se passe dans une isle inconnue, habitée par des Singes.

## NOTE HISTORIQUE.

M. de Lapeyrouse appareilla de Brest, le premier août 1785, avec les deux frégates, la Boussolle et l'Astrolabe, pour faire le tour du monde. Depuis le 26 janvier 1788, on n'a pas eu de nouvelle de ce célèbre navigateur.

Il avait annoncé qu'il serait de retour à l'isle de France, dans le courant, ou au moins à la fin de 1788.

En février 1791, le contre-amiral Dentrecasteau fut nommé par le roi, sur la demande de l'assemblée nationale, pour aller à sa recherche.

Il partit de Brest le 23 septembre 1791, avec les deux frégates, la Recherche et l'Espérance. Les deux frégates revinrent sans avoir pu découvrir aucunes traces de M. Lapeyrouse ; mais l'auteur s'est cru permis, d'après l'incertitude du sort de cette illustre voyageur, de faire une fable à sa guise.

# LAPEYROUSE,

## ou
## LE VOYAGEUR AUTOUR DU MONDE.

## PREMIÈRE ACTION.

Le Théâtre représente une partie d'une isle déserte; des arbres isolés garnissent la scène.

A droite du public, est une habitation pratiquée avec les débris d'un vaisseau.

Au fond, on voit la mer, dans laquelle s'avance un rocher très-escarpé; au haut est un pavillon blanc, formé d'un morceau de toile à voile.

A gauche, en face de l'habitation, sont des bariques, des caisses, et auprès de l'habitation, s'élève un grand poteau, portant ces mots:

*Lapeyrouse a fait naufrage sur ces bords inconnus, le 7 juin 1788, et n'a pu sauver qu'un seul matelot.*

Sur un grand arbre, à gauche du public, on lit encore:

*Zora m'a soustrait à la fureur des antropophages; je lui dois la vie.*

Vers le fond de la scène, au pied d'un palmier, est un tombeau en gazon, avec cet inscription:

*A mes infortunés compagnons de voyage.*

### Iᵉʳ. TABLEAU.

Au lever du rideau, une foule de petits singes sont grimpés sur les arbres et assis à terre sur divers points de la scène, de manière à offrir un tableau grotesque. Quelques-uns, placés près l'entrée de l'habitation, semblent écouter.

Bientôt on entend du bruit; tous les singes, attentifs, regardent l'habitation.

### IIᵐᵉ. TABLEAU.

Alexis sort de l'habitation avec un assez grand

panier d'écorces d'arbres ; il regarde, en riant, tous les petits singes, qui se hâtent de descendre et de s'approcher de lui, en faisant mille et un signes de joie.

Alexis jète aux uns et aux autres différens fruits, que ceux-ci reçoivent avec avidité.

Alexis s'amuse de les voir, et s'asseyant au milieu d'eux, se met à manger aussi. Un petit singe, plus familier que les autres, se hazarde à dérober quelques fruits dans le panier d'Alexis, qui s'en apperçoit, et montre son bâton.

Alexis ayant promptement terminé son repas frugal, s'occupe d'un plan de fête, et se prépare à faire répéter les singes ; il leur distribue des bambous.

## IIIme. TABLEAU.

Zora paraît tout-à-coup. Alexis est déconcerté. Elle sort de l'habitation avec une sorte de mystère, et accompagnée de ses deux enfans. Ils portent cette inscription dans un médaillon garni de fleurs:

*A Lapeyrouse , cher ami , bon père.*

Alexis se lève aussitôt. Zora , vive et enjouée , rit d'abord en voyant Alexis au milieu de tous ses singes. Puis elle lui montre le médaillon qu'elle a préparé pour Lapeyrouse.

Alexis lui indique le lieu où il faut suspendre cet écrit avec des guirlandes; Zora est satisfaite ; mais de suite le presse de questions, et veut savoir ce qu'il prétend faire avec ses singes; Alexis lui avoue qu'il a préparé une singulière fête.

Zora ne comprend pas ce qu'il veut lui dire, Alexis lui fait entendre qu'il a appris à ses singes à sauter en cadence. Zora ne peut le croire Alexis la prie de renvoyer les enfans; puis il prend un petit tambour sauvage , frappe dessus. A ce son, tous les singes se rassemblent. Alexis frappe en cadence, et les singes en effet sautent en mesure, et font quelques attitudes. Zora rit aux éclats; mais un bruit se faisant entendre dans l'habitation, la répétition est aussitôt interrompue. Alexis dit qu'il va faire cacher ses singes, Zora qu'elle va faire des guirlandes.

Tous deux disparaissent; les singes, au signe d'Alexis, le suivent; un d'eux grimpe lestement sur son épaule.

## IV<sup>me</sup>. TABLEAU.

Lapeyrouse paraît; il est rêveur et s'avance à pas lents; il parcourt la scène en examinant les lieux déserts qu'il habite. Ses regards s'arrêtent sur l'arbre où il a tracé ces mots :
*Zora m'a sauvé des mains des antropophages.*

Mais bientôt le souvenir de son épouse vient s'offrir à son esprit; l'éloignement, la longueur de la séparation n'ont pu la lui faire oublier; il tire son portrait de son sein, le considère et l'embrasse en secret; il exprime tour-à-tour et son amour pour elle, et celui qu'il ressent pour Zora.

## V<sup>me</sup>. TABLEAU.

Les deux enfans apportent un gros livre, dans lequel on a l'habitude de les faire lire; ils le laissent tomber. Lapeyrouse sort de sa rêverie, et cachant promptement son médaillon, il leur donne une leçon de lecture.

## VI<sup>me</sup>. TABLEAU.

Pendant ce tems, Zora et Alexis s'approchent doucement, et suspendent par des guirlandes, entre les deux arbres, sous lesquels sont Lapeyrouse et les enfans, la devise entourée de fleurs.

Zora laisse ensuite tomber son bouquet sur le livre que tient Lapeyrouse, qui levant la tête, apperçoit Zora et Alexis. ( *Tableau.* )

Zora descend promptement ainsi qu'Alexis; elle se jète dans les bras de Lapeyrouse, et Alexis embrasse ses genoux. Celui-ci se relève bientôt, et tandis que Lapeyrouse, Zora et les enfans se serrent mutuellement, Alexis, avec sa vivacité ordinaire, sort de l'habitation, avec l'aide des trois petits singes domestiques, une table rustique, sur laquelle sont des fruits et du laitage, puis il s'élance vers la grotte où sont cachés ses singes, et disparaît en se promettant une grande joie.

Zora, Lapeyrouse et les enfans se mettent à table. Soudain on entend le son du tambourin sauvage. Lapeyrouse en paraît étonné : il va l'être bien d'avantage.

## VII<sup>me</sup>. TABLEAU.

Alexis, à la tête de ses singes, s'avance en sautant en cadence. Tous les singes imitent ses gestes parfaitement. Tous ont des bambous avec lesquels ils font divers tableaux autour d'Alexis.

Mais cette danse grotesque est subitement interrompue par un coup de canon dans l'éloignement. Tout le monde reste immobile. On reprend la danse. Un second coup se fait entendre : il est plus fort. A ce bruit inconnu, tous les danseurs épouvantés sont aux abois : les uns se couchent à terre; les autres font des culbutes; Zora est tremblante; Lapeyrouse et Alexis sont ravis d'espérance et de joie. Alexis s'élance vers le rocher qui domine la mer; lève le pavillon le plus qu'il peut et l'agite, mais il fait comprendre qu'il n'apperçoit rien.

Un moment après il témoigne au contraire de l'effroi, et redescend au plus vite. Il dit appercevoir des pirogues de sauvages. Zora frémit; Lapeyrouse va s'en assurer vers le rivage, il revient en toute hâte; il dit qu'il ne faut point se réfugier dans l'habitation, que les sauvages ne manqueront pas de visiter, et qu'il faut se cacher dans une caverne.

Alexis en indique une aussitôt. Tous emportent des armes et ce qu'ils ont de plus précieux, s'y réfugient avec les deux enfans.

# VIII<sup>me</sup>. TABLEAU.

Plusieurs pirogues paraissent, puis la chaloupe d'un vaisseau, et moitié du vaisseau même. Dans la chaloupe, on remarque une femme et un enfant ; dans d'autres, quelques matelots et officiers de marine, et un amiral.

Les sauvages débarquent leurs malheureux prisonniers ; insensibles à leurs prières et à leurs cris, ils préparent tout pour les dévorer, cherchent et coupent des bois, etc.

Madame Lapeyrouse et son fils sont les victimes que l'on va immoler. Quelle est leur surprise et leur douleur en lisant les inscriptions qui leur annoncent que celui qu'ils cherchent depuis si long-tems et dans cette isle. Il faudra périr si près de lui sans le revoir.

Karoubé, chef des sauvages, paraît surpris de se voir dans une isle habitée. Il entre dans l'habitation, trouve divers objets et bijoux, entre autres un collier et une coifure qu'il reconnaît pour être celle de Zora qu'il adorait.

Son amour se rallume ; il cherche de tous côtés, ainsi que les sauvages. Mais un orage survient, et l'on ne peut établir le bûcher commodément.

Un sauvage vient annoncer qu'il a découvert une grotte spacieuse et profonde, et que le repas s'y fera mieux.

On détache les prisonniers.

Tout le monde exprime sa joie : mais Karoubé laisse voir de la mélancolie : il aime toujours Zora.

On entre dans la grotte avec des branchages, etc.

Les singes, effrayés par l'orage, courent de tous côtés, et cherchent un abri ; quelques-uns entrent dans l'habitation et en sortent avec divers objets qu'ils y ont pris et dont ils ne connaissent pas l'usage, tels qu'une montre marine, et d'autres, avec différens vêtemens dont ils s'affublent plaisamment. Le tonnerre grondant toujours, tombe

et épouvante les singes, qui grimpent sur tous les
arbres.

*Fin de la première action.*

---

# DEUXIÈME ACTION.
## Ier. TABLEAU.

Le théâtre change et représente l'intérieur
d'une grotte obscure.

Lapeyrouse, Zora et Alexis armés, et portant
avec eux les enfans, cherchent une retraite dans
cette grotte ; mais bientôt ils entendent les pas des
sauvages, et ils fuyent d'un côté opposé, en formant
le projet de délivrer les malheureuses victimes.

## IIme. TABLEAU.

Les sauvages paraissent avec leurs prisonniers.
Ils disposent un grand bûcher, y attachent leurs
victimes, et y mettent le feu. Déjà la flamme s'é-
lève et éclaire cette scène d'horreur. Les sauvages
dansent autour du bûcher.

Lapeyrouse attiré par le cri de l'humanité, et
peut-être par un sentiment involontaire, parait,
fait feu en même tems qu'Alexis sur les sauvages,
tandis que Zora s'élance à travers les flammes et
délivre madame Lapeyrouse.

Lapeyrouse et Alexis, occupés à poursuivre les
sauvages épouvantés, n'ont pas encore eu le tems
de la reconnaître, et Zora elle-même présente sans
le savoir Madame Lapeyrouse à son époux.

Mais comment exprimer le ravissement et l'é-
tonnement de M. Lapeyrouse en reconnaissant son
épouse, et de quelle manière rendre la surprise
et le saisissement de Zora, en trouvant dans la
femme à qui elle vient de sauver la vie, une seconde
épouse, une rivale.

Elle demeure immobile ; puis tout-à-coup elle
demande à Lapeyrouse ce que signifient ces marques
de tendresse. Celui-ci, cruellement embarrassé,

ne répond rien. Madame Lapeyrouse, de son côté, questionne son époux, même embarras. Zora s'approche de Lapeyrouse, regarde d'un œil jaloux madame Lapeyrouse, et lui déclare qu'elle seule a des droits à ses caresses ; madame Lapeyrouse réclame les mêmes droits ; enfin Lapeyrouse est forcé d'avouer à Zora que son épouse est près de lui, et que cet enfant est son fils.

Sentiment de jalousie de Zora. Madame Lapeyrouse lui fait voir qu'elle a un fils ; Zora lui montre qu'elle en a deux.

L'amiral ordonne qu'on éloigne Zora et ses enfans qui embrassent ses genoux. Résistance inutile de Zora. On les sépare ; mais Lapeyrouse s'échappe des bras de son épouse pour aller embrasser ses deux enfans, pour la dernière fois. Zora s'évanouit. Madame Lapeyrouse veut entraîner son époux.

Le tableau est déchirant, et la position de ce dernier est affreuse. Il ne peut s'arracher d'auprès d'elle. Son épouse parvient cependant à l'entraîner. Ils sortent avec les officiers de marine et les matelots. Deux seulement restent auprès de Zora.

### IIIme. TABLEAU.

Les deux matelots cherchent vainement à faire revenir Zora. Ses deux petits enfans se désespèrent auprès d'elle.

### IVme. TABLEAU.

Peu-à-peu Zora reprend ses esprits ; mais sa tête est égarée ; elle se lève, et marche sans voir les deux matelots qui la gardent ; il sont effrayés : Zora les aperçoit enfin, les menacent ; ceux-ci s'enfuyent.

### Vme. TABLEAU.

Zora, restée seule dans la grotte, avec ses deux enfans, se livre à tout l'excès de son désespoir. Elle se retrace tout ce qui vient de se passer : se voit abandonnée; la mort est le seul bien qui lui reste. Elle se rappelle que dans cette grotte sont des arbustes qui portent des fruits dont le suc est un poison certain. Elle parcourt la grotte, trouve l'un de ces arbustes, en arrache plusieurs fruits : ses enfans, ignorant qu'ils sont empoisonnés, les demandent avec empressement à leur malheureuse mère : Zora frémit, et les éloigne de ses yeux ; elle veut les fuir, elle seule doit mourir ; mais avant de mordre dans ce fruit fatal, elle s'agenouille pour recommander ses enfans à la providence.

## VI<sup>me</sup>. TABLEAU.

Karoubé et deux des siens échappés aux coups de Lapeyrouse, sont restés cachés dans les cavités de la grotte ; ils cherchent à sortir et s'avancent sans faire de bruit. Ils aperçoivent Zora ; l'un d'eux en reculant fait un peu de bruit ; Zora l'entend, tourne la tête, reconnaît Karoubé, reste saisie d'effroi. Elle cache néanmoins ses fruits sur le banc qui est près d'elle. Karoubé l'accable de reproches, et lui déclare de nouveau son amour.

Zora, avide de vengeance, feint de se rendre à ses vœux, et trace ces mots sur le rocher : avec une des flèches de Karoubé: *Moi m'unir à toi, si tu venges moi d'étranger ingrat.*

Karoubé le jure avec les siens ; il lui fait comprendre qu'avant l'aurore, Lapeyrouse, son épouse et son fils ne seront plus.

Un bruit se fait entendre. L'un des sauvages annonce qu'il aperçoit plusieurs matelots: Karoubé renouvelant son serment, se retire avec ses affidés, afin de tout préparer pour l'exécution de son dessein.

Alexis accourt; il est chargé d'une cruelle mission; Lapeyrouse lui a ordonné de remettre à Zora une lettre d'adieux éternels, une boëte de bijoux, et un sac d'or.

Zora rejette tout, excepté la lettre qu'elle parcourt, déchire, et foule aux pieds avec indignation. Un coup de canon se fait entendre; Zora comprend que c'est le signal du départ, elle veut aller trouver le cruel; mais Alexis a les ordres contraires; il les montre : on lit sur une toile, ces mots : *Zora restera dans la grotte, jusqu'après le départ de Lapeyrouse.*

Zora, au comble du désespoir, voyant qu'on la retient prisonnière, n'hésite plus; elle s'élance vers le banc où elle a caché les fruits empoisonnés, et en dévore un.

Alexis et les matelots accourent, mais il n'est plus tems; il examine les fruits, et les reconnaît pour le plus violent poison.

C'en est fait de Zora, déjà le poison circule dans ses veines.

Alexis et les matelots épouvantés ne songent plus à exécuter les ordres de Lapeyrouse; ils suivent avec effroi tous les mouvemens de Zora, qui déjà ne connaît plus ni ses enfans, ni aucun de ceux qui l'entourent.

En parcourant la scène, elle relit la promesse qu'elle a faite à Karoubé et frémit. Les jours de Lapeyrouse lui sont encore trop chers; elle veut lui recommander ses enfans, les remettre entre ses mains avant d'expirer.

Elle s'échappe de la grotte, en exprimant à-la-fois le désespoir, l'égarement et la plus vive douleur.

Alexis la suit en courant; les matelots emportent les enfans, et volent aussi sur ses traces.

Le théâtre change; il représente le derrière de l'habitation de Lapeyrouse, avec un jardin fermé par une barrière de bambous. Ce jardin réunit toutes les plantes et arbustes les plus précieux que Lapeyrouse a pu trouver dans l'île. On lit au-dessus de la porte en face : *Mon jardin botanique.* Le vaisseau est vu entièrement.

# TROISIÈME ACTION.
## I<sup>er</sup>, TABLEAU.

Les matelots sont occupés à appareiller le vaisseau ; tous quittent bientôt l'ouvrage pour se rafraîchir ; ils viennent sur le devant de la scène ; et s'asseyant à terre, boivent et fument. Les trois singes domestiques sont avec les matelots ; ceux-ci s'en amusent, l'un les fait fumer, tandisqu'un des singes dérobe aux matelots une fiole, se met à boire, mais la force de la liqueur lui fait jetter toute la fiole, et il se roule en faisant de risibles contorsions.

## II<sup>me</sup>. TABLEAU.

Karoubé et ses deux affidés paraissent dans le fond ; ils méditent ensemble leur projet de vengeance, menacent l'habitation, le vaisseau et disparaissent.

## III<sup>me</sup>. TARLEAU.

Le contre-amiral sort de l'habitation avec son pilote et des matelots, portant une boëte de plomb et un poteau. Tous les matelots se lèvent.

Il ordonne de creuser un trou au milieu de la scène, y fait enterrer la boëte, puis planter le poteau, au pied duquel on lit ses mots :

*Lapeyrouse est parti de cette île, le 7 juin 1788.*

L'amiral donne ensuite l'ordre de tirer le troisième coup de canon pour le départ ; il est à l'instant obéi.

## IV<sup>me</sup>. TABLEAU.

Lapeyrouse lui-même sort de l'habitation ; il est accompagné de son épouse et de son fils ; il paraît accablé de douleur ; son épouse cherche à le consoler. Les yeux de Lapeyrouse se portent involontairement vers un palmier où sont gravés ces mots : *planté le jour de la naissance de Kili.*

L'amiral s'avance, cherche à rendre à Lapeyrouse sa fermeté et son courage : il lui rappelle que tout est prêt pour le départ. Au même instant il fait un signal, le canon tire, le tambour bat, la cloche sonne. Lapeyrouse, jettant un dernier regard sur tout ce qui l'environne, s'élance vers le vaisseau.

## Vme. TABLEAU.

Tout-à-coup Alexis accourt; il est hors d'haleine, la terreur et l'effroi sont dans ses traits; tout le monde l'entoure. Alexis apprend que Zora, entraînée par un affreux désespoir, vient de s'empoisonner. Mouvement de consternation. (*Tableau.*)

Il annonce de plus que Zora veut, avant d'expirer, voir Lapeyrouse, et dit qu'on l'amène en ces lieux : le contre-amiral et Madame Lapeyrouse cherchent à entraîner sur-le-champ Lapeyrouse; mais déjà Zora paraît.

## VIme. TABLEAU.

Zora, portée sur un brancard, est pâle, défigurée, expirante; le plus jeune de ses enfans est sur le même brancard, l'autre marche tristement auprès.

A l'aspect de ce tableau, Lapeyrouse frémit; le monde s'empresse autour du brancard. Les matelots quittent leur bord, et accourent à cette triste scène.

( Le jour baisse au moment où Zora paraît. )

L'infortunée fait entendre qu'elle n'a point voulu survivre à cette cruelle séparation; mais elle fait jurer à Lapeyrouse et à son épouse, ( elle ne voit pas cette dernière sans frissonner) de prendre soin de ses enfans. Tous deux le lui jurent.

## VIIme. TABLEAU.

Karoubé, ses affidés, et quelques autres sauvages s'avancent doucement; ils ont des torches dont ils cachent la lueur avec des pelleteries. Profitant du moment où tout l'équipage paraît occupé autour de Zora et des autres personnages, quelques-uns montent sur le vaisseau.

Pendant cette scène Zora demande à tracer quelques mots. On lui présente aussitôt une feuille de bananier ; elle y écrit : *Sauvage rival a juré mort à toi.*

Lapeyrouse et tous les assistans frémissent ; mais à l'instant même l'incendie le plus violent se manifeste sur le vaisseau de Lapeyrouse. Tous les matelots épouvantés fuient de divers côtés.

## VIII<sup>m</sup>. TABLEAU.

Karoubé paraît aussitôt, la vengeance dans les yeux, et cherchant Lapeyrouse pour assouvir sa rage, en remplissant le serment qu'il a fait à Zora.

Lapeyrouse et son épouse cherchent un asile ; Zora les appelle, et leur dit de rester près d'elle : en effet Karoubé et ses deux affidés, appercevant Lapeyrouse, lèvent sur sa tête leurs massues : mais Zora ramassant le peu de forces qui lui restent, se lève à demi sur son brancard, et arrête le coup fatal. Karoubé surpris de voir Zora dans cet état, lui en demande vivement la cause ; Zora veut la lui cacher, mais Lapeyrouse lui apprend tout. Karoubé reste anéanti ; mais bientôt il veut savoir de quel poison elle s'est servi. Alexis lui montre un des fruits. Karoubé s'élance comme l'éclair, parcourt la scène et semble chercher aux pieds de tous les arbres : on suit ses mouvemens. Tout-à coup Karoubé se couche à terre, arrache une touffe d'herbages, revient de suite auprès de Zora, et tordant avec force les plantes, en exprime le jus dans sa bouche. Ce contre-poison opère sensiblement. Les souffrances de Zora diminuent. Bientôt ses jours sont sauvés ; mais la fureur jalouse de Karoubé se rallume, il menace de nouveau, et veut faire périr Lapeyrouse et les siens. Zora cherche encore à les défendre : mais Karoubé ne veut plus rien entendre, il faut que Zora tienne sa promesse.

Zora, pour sauver les jours de Lapeyrouse, se résoud au plus pénible sacrifice. Elle consent à se séparer de lui, si Karoubé lui accorde la vie. Karoubé le promet et le jure, en tendant la main à Lapeyrouse; tous les matelots et sauvages imitent leurs chefs.

Mais Zora présente en tremblant ses deux enfans à Karoubé, qui ne veut point les voir. Lapeyrouse les prend aussitôt dans ses bras; Zora supplie, elle ne voudrait pas en être séparée, et Lapeyrouse exprime sa douleur, s'il faut qu'il les abandonne.

Madame Lapeyrouse, dont l'âme est aussi noble que généreuse, s'approche de son époux, prend le plus jeune des deux enfans, le présente elle-même à Karoubé, qui ému des supplications de Zora, consent enfin au partage.

## IX<sup>me</sup>. TABLEAU.

Le pilote, suivi de quelques matelots, accourt et déploie cette inscription.

*On signale au Nord de cette île, l'Espérance, notre seconde frégate égarée.*

Joie extrême de Lapeyrouse, de sa famille et des matelots. Karoubé dit qu'il va lui faciliter les moyens d'aller la rejoindre; il donne des ordres, et quelques sauvages sortent, tandis que Lapeyrouse se dispose à partir.

## X<sup>me</sup>. TABLEAU.

Alexis va chercher ses trois singes favoris; ils paraissent, l'un portant son porte-manteau, l'autre le tambourin, l'autre le bambou.

Il veut les emmener, et prend son tambourin; mais le son de ce tambourin appelle tous les autres qui se jettent dans les jambes et sur les épaules d'Alexis.

Ce dernier ne sait comment s'en débarrasser. Ils courent tous après lui, quelques sauvages les chas-

senten les poussant avec leurs massues, les uns grimpent sur les arbres, les autres sur les épaules des
matelots et des sauvages eux-mêmes.

## XI<sup>me</sup>. TABLEAU.

Une grande pyrogue, ornée de branchages est
amenée sur le rivage, plusieurs autres l'accompa-
gnent.

Karoubé indique à Lapeyrouse qu'il peut dis-
poser de ces dernières pour aller rejoindre sa frégate.

Alexis gagne aussitôt une des pyrogues, ses trois
singes favoris y sont aussitôt que lui, et grimpent
après le mat.

Le vent enfle déjà les voiles légères de la grande
pyrogue. Un pavois de feuillage est apporté : Karoubé, Zora et son enfant se placent dessus. Une
marche générale s'exécute au milieu des danses
des sauvages, tandis que Lapeyrouse s'éloigne pour
jamais de ce rivage, va courir de nouveaux hazards
et s'exposer à de nouveaux périls auxquels un si-
lence de vingt années fait croire qu'il a succombé.

Tableau général.


## FIN.

www.ingramcontent.com/pod-product-compliance
Lightning Source LLC
LaVergne TN
LVHW021602170726
843501LV00010B/3824